즙

책 만 드 는 집　시 인 선 188

즙

김가연 시집

책만드는집

이 시집은 미지에 대한 본능적 호기심과 탐구의 욕구에서 발현한다.

이 무모하고 불완전한 모험의 결과를 나는 알지 못한다. 다만, 미완의 설계도를 들고 더할 나위 없이 신비롭고 아름다운, 그러나 아직 어디에도 속하지 않은 너머의 세계를 여행하고자 한다.

본래의 언어 체계로부터 자유로워지고 또 어떤 규범에도 집착하지 않기로 한다. 하여 사물의 의미를 규정하지 못하는 언어 밖의 울림까지도 두루 어루만져 보고자 한다. 나의 언어는 분명 그 이후의 것들을 그려내는 손길이 될 것이다. 이 시집을 모든 불완전의 자유에게 부친다.

2021년 11월
김가연

| 차례 |

2부

3부

4부

1부

편지

　봄아, 너는 자작나무 숲으로 가라 나무 사이 울먹울먹 풀어놓은 눈빛이 되라 새로 돋는 잎마다 불 밝히는 풀밭의 잠이 되라 조약돌의 귓불을 더듬는 물의 집으로 가서 강물에 발을 씻고 말하여지지 않은 말로 노래하라 비릿한 팔뚝을 베고 누워 물이끼 자라는 흰 강이 되라

즙

당신은 나의 첫 문장이며 마지막 문장입니다
또한 탄생 이전의 말이며 세상 이후의 말입니다

당신은 속살의 음률이며 초록을 깨우는 바람이어서
나는 당신의 소리로 듣고 당신의 빛깔로 봅니다

그러나
나는 처음부터 당신의 말을 알지 못하므로
당신을 말하지 못합니다

당신은 거대한 협곡을 떠도는 파장이고
나는 그 너머를 유영하는 떨림입니다

울림과 쉼표로 남은 소리의 질료들이
당신의 계절로 와서 꽃이 됩니다

이제

나의 언어를 삭제합니다

말의 찌꺼기를 버리기로 합니다

열熱

믿을 수 없는 일이라고 여겼던 일이 믿기 어려운 계절에 살고 있다 새로 뜨는 달은 팔뚝에서 빛나고 함께 읽던 책을 덮고 캐릭터를 혼동하던 애인이 외출하면 나는 엎드린 생각에 아팠다

같이 걷고 싶은 빛깔을 가진 길에서 우리는, 만났다 '뭐 한 번은 죽어도 괜찮아' 목련꽃이 툭! 떨어졌다

외출했던 달이 파도를 끌어오고 이마를 짚어주는 애인의 눈 밑 점이 눈부셨다

두 귀

밤 깊어 더는 잠결에 의지하지 않아도 된다 동백이 뜨
는 손가락 위로 언뜻 비치는 달,

흐려지는 밤이 나를 다그치는 것은 분명 나의 본적과
밤의 원적이 같은 연유다

애인은 귀신 들린 옆집 여자 이야기와 뱃멀미가 심한
뱃사람이 바다로 가서 돌아오지 못했다는 이야기를 들려
주었다

둥근 것은 네모보다 아늑했다 내가 모르는 많은 것들은
대수롭지 않게 흘러 이번 생의 사인에 가닿아 있었다

꿈을 엿보다

흰 벽을 더럽히는 일은 그만하고 빽빽하게 늘어선 전나무 숲으로 달려갔습니다 젖은 종이에 그려진 지상의 좌표를 놓고 골몰하는 동안 서쪽 하늘이 깊어졌습니다

불빛이 자라는 반지하 방에선 설핏, 도망치듯 빠져나온 고향 집 감나무는 아직도 자라고 있었고요

멀리 날아간 돌멩이가 쩍, 꿈의 둥근 등에 박혔습니다

제비꽃

생강나무 아래
작은 배 한 척,

보랏빛 돛을 달고
금방이라도 노를 저어 갈 것만 같아

저 배를 타면
망망대해 그 섬에 닿을 것만 같아

물소리 흘려보내고
흔들리는 봄밤

잠시 그쳤다 다시 내리는 비

버릇

　당신의 잠 속에서 살구나무 귀가 펄럭였다 식은 구들을
살피고 돌아온 당신이 산벚나무 가지를 건넸다 가도 가도
제자리인 길이 오랫동안 골똘했다 눈을 감고 유목의 기척
위를 걷다 보면 어느새 창들이 먼저 밝았다

방풍림

바다로 간 기차는 밤새 방파제를 달렸다 흑점을 할퀴고 간 발톱은 밤하늘에서 빛나고 더는 자라지 않는 방풍림 뒤에서 바다는 적막에 젖었다 닻을 내린 배들은 끝물 복숭아 같은 무른 살을 도려내고 눅눅한 어둠 속으로 들어갔다

점點

불명의 표정들이

누군가를 호명하며 문을 두드린다

죽은 자의 기도가

목소리를 삼킨다

혼잣말이 언덕을 오른다

달빛 사이로 빠져나가는

길과 발자국의 접점

차가운 삽날이 발을 찍는다

고요

그러므로 나 이제 돌아갑니다 아름다운 고요를 업고 차
갑고 고운 날로 돌아갑니다 주검을 두고 떠나는 고요한
관 속의 나라, 그러나 고요는 나의 결핍, 나의 겸손, 사랑
이 어찌 고요만 할까요 고백이 어찌 그립기만 할까요 이
상한 일도 아니건만 쉽사리 입은 상처에 매달린 당신, 소
리 없이 반짝이는 당신, 그리하여 다시 피는 당신 저만치
들썩이며 옵니다

말씀, 환하다

어둠이 맑은 날은
눈보다 먼저 귀가 열립니다

바다로 가는 길을 짚어가며
개울의 이력을 들려주는
순전한 저녁

천둥을 쓰다듬는 손길
바다에 이를 때까지
그 바다가
구름에 닿을 때까지

사소한 것들의 이름으로
지상의 안부를 물어주는
숨결 같은 말씀, 환합니다

저녁이 그려진 푸른 식탁보

꽃들은 친절하고
봄날은 다정해
울루루*, 울창한 숲이 되지

당신이 그리는 문패는 흘림체의 빗소리 같아서
나는 종일 비의 회전축을 따라 돌고

릴리가 꽂혀 있는 저녁 식탁에선
푸른 별들이 풍덩, 강물 속으로 뛰어들기도 하지

* 지구의 배꼽이라 불리는 호주 원주민의 성지.

우연히 들른 피아노 가게

새로 배우는 피아노 연주는 진척이 없고 밖에선 피아노 건반을 두드리듯 비가 온다 우주의 손길이 지상의 낮은음자리에 내린다

비는 듣는 것보다 느끼는 속성에 더 가까워 나는 알 수 없는 비의 음률들을 알아듣는 척 고개를 끄덕인다 그러다 문득 내게 남은 날이 빗방울의 시간이라면, 그것이 만일 지상의 삼 일쯤이라면 무얼 할까 생각한다

우선 일 년이 넘도록 비켜둔 이삿짐부터 풀어야 하나 내친김에 서재를 정리할까 신발장을 청소할까 하루는 고향에 들러 나를 닮은 사람들과 만나 온갖 핑계로 도망치듯 빠져나오던 버릇도 고쳐보고 이웃의 안부도 묻고 공복의 그리움 같은 방에 불을 지피고 저녁엔 쓰다 만 문장도 이어 써야지

그러고도 하루가 남는다면 은근 부자다 싶어져 늦잠을

자고 밥을 먹고 산책을 하고, 그리고 한나절은 오로지 당
신에게 빚을 줄까 그래서 날마다 이자를 받아볼까 이자는
빗소리를 받아 적은 노래라면 좋겠는데, 너무 욕심이다 싶
어 마음만 골똘한 채 풀잎 위 빗방울처럼 망설이던 길을
나선다

목련

쉽게 생각한 일들이
쉽지 않은 말을 낳는다

약속과 다짐이 악수를 한다
그러나 이건 승부가 정해진 게임

마른 가지 위로 던져진 흰 손수건

희고 둥근 새벽
이미 도착한 종소리

나는 가벼워졌다

2부

좋은 일에도 울음이 자란다

그게 있잖아요 시린 날에는 좋은 일에도 울음이 자랍니다

슬픔은 빛이 될 수 있으나 울음의 재료는 되지 못하는 것처럼 물큰한 기억들은 잠깐씩 신열을 비집고 들어와 잠들고요

절로 밝았다 혼자 어두워지는 빈집은 무서워 내내 섧던 집, 그리움의 지번에 문패를 달고
먼 창을 열면 눈꺼풀 위로 소름처럼 벚꽃이 돋아납니다

투명한 증언

장마가 길었다

구름의 장례를 준비하는 사람들은
슬픔의 너머에도 길이 있다고 믿었다

큰길에 귀를 열어둔 채
애써 잠이 들면

웃비 사이로
길을 묻는 일이 적지 않았고

어린 새들은
푸른 하늘을 곧잘 물어 오기도 하였다

잠깐 머물던 시절에
그려보았던 유목幼木들은

아직 말하여지지 않은
투명한 증언들을 새겨보고 있었다

무명론無名論

사슴 한 마리가
꽃대 속으로 들어간다

그 뒤를 따라가는 행장行狀

사슴의 귓속으로 들어간 바람 소리가
붉은 주검을 덮어준다

사자의 눈물점 아래

한동안
봉오리의 날이 계속되었다

어디에 있을까

나는 너의 눈동자요 너의 눈물이다 나는 너의 친구이며
스승이고 딸이며 어머니다 나는 어디에도 있고 어디서도
변방인 별이다 먼지다 꽃이다 꽃잎을 찢어 만든 바람이다
어찌해도 무용한 말이다 나는 세상 모두이며 모두의 낯섦
이다 지문도 없이 소리도 없이 흘러가는 구름이요 비요
없음이다

만약, 이라는 가정에 대하여

살아서 하고픈 말이
죽어서 혼잣말을 한다

머릿결을 다듬는 손가락 위로
새 떼가 난다

새벽하늘로
별자리를 돌리면

슬픔의 변성기를 지난
이름들이 돋아나고

눈 비비는 풀섶으로
굽은 길 온다

그 끝을 당기면
처음 가는 길의 지도를 잘도 외우던 당신

반은 놓치고
반은 밝아서

아프지 않았다

우기 雨氣

꽃 그림을 그리는 애인 옆에서
나는 애인의 졸음을 그린다

여린 맥박을 가진
구름을 그리다 말고

애인은 행장 行狀 속에
나비를 그려 넣었고

나는 배경으로
빗소리를 그려놓았다

얼굴

자랑이 되는 일이
어찌 꽃 피우는 일만 하랴

천년의 풍화 속
당신의 얼굴만 하랴

적막의 증언이여
남풍의 이파리여

얼었던 마음 풀어내는
마음 밖 오지

섬의 내재율

섬에 가는 방식은 언제나 내재율이 필요하다

물의 문장은 푸르고
섬의 운율은 따뜻하다

흩어지는 파도를 모아
점점 흐려지는 얼굴

섬으로 가는
불면 오 분 전, 삼십구 도

끈을 묶다

굳건한 다짐이나
단단한 규칙 말고

풀잎처럼
착하고 기쁜

살짝만 당겨도
스르르 풀어내는

명랑한 매듭

봄

초고에 밑줄을 긋자 살얼음 깨지는 소리

빙벽 속 하얀 새
훗날의 장미

봄날을 넘기다 말고
어느 결에 나는 생각한다

느티나무를 오르는 연둣빛 치어 떼,

초고에 이의를 달지 말자

탈피

수요일은 내내 비가 내렸다
그는 네모를 원했고
나는 간격을 그었다
변기의 물을 내린다
네모의 주변으로 물이 고였다
이건 예상치 못한 일이다
반칙, 원래는 없는 거야
목요일의 발자국을 기다렸다
그러나 들리지 않는 귀,
어둠은 어둠일 뿐인데도 나는 어둠이 무서워서
캄캄한 금요일에 누워 있다
어둠 너머로 미열의 별들이 떠나고
겨울나무들이 원시림 속으로 떠났다
마침내 잘려 나간 빈칸,
물음표와 느낌표를 찍으며 날아가는 나비

환절기

환절기엔 자주 목감기를 앓았다
며칠 앓고 나면 문밖은 낯선 풍경에 물들었다

지나온 길은 지나온 만큼 흐려지고
새들은 어둠을 안고 잠들었다

나는 여전히 골목의 실체를 알지 못한 채
창밖 별빛이 이역의 기척 같다는 생각을 했다

목젖이 부어오른 절기에 누워
우리는 나눠 읽던 책의 한 문장을 되뇌어 읽으며
우리가 만난 별들의 이름을 생각해 보았다

그러다가 자꾸 느려지는 당신도
걸음을 놓친 나도 서로 측은해져
마음에 마음을 기대는 법을 새겨보았다

꿈의 살피

뜻을 세우지 않은
글자의 오후

신발을 벗고
부은 발등을 말린다

한낮은 뜨거워
비스듬히 누운 쉼표

두통을 참으며
관자놀이를 누른다

낙타는 무릎을 일으켰고
두서없는 문장이 다녀간다

좁은 문

외길, 그렇다 하더라도
내몰린 눈빛이 창을 넘는다
별을 모으는
첩첩의 이파리들 길게 이어진다
집으로 가는 길
너의 머리칼 보이지 않는다
얼굴을 바꾸면 약속이 식어간다
기척이 창문을 두드린다
보이지 않는 영혼이 좁은 문을 통과한다
부끄러운 어둠의 유배지
너머의 세계를 본다
골목을 열고 별을 씻는다
아무리 떠올리려 해도 생각나지 않던 길이
환하게 밝아왔다

발톱의 기도

바퀴 소리를 따라 석간신문이 오고
누군가 가벼워졌다는 소식이 실려 왔다

옥상으로 가는 계단은 가파르고
방수가 덜 된 바닥은 군데군데 갈라져 있었다

해는 벽 속에서 자라고
핏대를 세우며 내뱉은 말들이 바닥에서 뒹굴었다

파랗게 멍든 발톱을 만지며
새 발톱이 나게 해달라고 기도했다

아무 무늬도 남기지 않은 나의 이력은
혼자서 잘도 자라고

죽어서도 자란다는 발톱처럼
줄기가 말라버린 나팔꽃이 벽을 넘고 있었다

3부

가을비

생장을 멈춘 나무는 안개의 얼굴을 적시지 못합니다 기운 어깨가 산문을 열고 들어서면 더운 건 참아도 추운 건 정말 싫다는 여자가 살고 있을지도 모릅니다 두 팔로 자신의 몸을 감싸 안은 자작나무가 기다리고 있을지도 모르고요 고쳐보고 싶은 기침 소리를 쏟아내는 나무가 어쩌면 오래오래 그 길을 걸어올지도 모를 일이지만요

그녀가 왔다

그녀가 왔다
그녀는 환하다
눈부셔라, 그녀가 웃는다
그녀를 보고 나도 웃는다

그녀는 친절하다
말랑한 그녀
그녀를 생각하며 나는 또 웃는다

그녀가 어디서 왔는지
나는 알지 못한다

중요한 건 그녀가 왔다는 사실,

밖에 그녀가 왔다

아침 식탁

나무가 꽃을 여는 눈빛입니다

살뜰한 눈빛 앉히고 바라보는 동백입니다

미열을 흔들어 햇살을 닦는 얼굴입니다

구름이 하늘을 들어 올립니다

풀잎, 하고 부르면

내가 풀잎, 하고 부르면
당신은 풀잎의 저녁을 살았습니다

푸른 기억은 자주 가렵고 자주 짓물러서
오월의 창에 선명한 무늬를 남겨놓았습니다

사랑이 서로의 허공을 바라보는 일이라면
당신은 지상에서 가장 내밀한 구조를 가진 허공입니다

하늘엔 별보다 허공이 많고
나는 가장 오래된 방식으로 당신을 노래합니다

당신이 풀잎, 하고 부르면
나는 오래도록 풀잎의 저녁을 살았습니다

야간 비행

어느 날 어둠의 목젖을 바라보면서 나는 그것이 물의
눈동자이거나 이국의 손금일지도 모른다고 생각했다

언젠가 내가 풀잎에 그려보았던 물소리를 건져 올리거
나 지층까지 내려가 고요 속 적요를 보았을 때처럼

바람은 언덕을 오르고 밖에선 여전히 새들의 비행이 계
속되었다

오래된 기억

하루의 걸음 안으로 지는 해는
수없이 접었다 편 길의 무릎이다

접힌 자국이 헐어가는 길엔
파꽃 같은 사람들이 살고

여름 천변川邊엔
물소리를 닮은 미루나무가 자랐다

강둑을 달리던 아이들은
알몸으로 물에 뛰어들었고

돌아오지 않는 사람들은
봉숭아 꽃씨 같은 별이 되었다

그 눅눅한 장면들을 넘기면
기다림은 혼자 시들고

나는 저녁 강에 누워
두 손을 모은 채 잠들곤 하였다

거울

거울은 안녕을 모르고
나는 거울을 모르고

거울은 거울을 바라보고
나는 거울을 그리워하고

거울은 거울을 사랑하고
나는 거울에 입 맞추고

거울은 거울 밖에 있고
나는 거울이 거울이 아니면
좋겠다고 생각하고

궁금증

무슨 말을 하려는지
입술을 내밀고
눈을 깜빡이고
손을 모으고
안부를 묻고
속을 달래듯
배를 쓰다듬고
밖에선 비가 오고
길은 미끄럽고

그러니까
말은 말 속에서 길을 잃고

태胎

저 노을 속
바다의 손금에 누워

잔금을 그리는
붉은 길의 핏줄

눈을 감고
빗길을 가른다

물큰, 비릿한 봄비

한 생

생각과 생각

사이

생각이 스치는,

먼지 성운의 영 점 사 초*

* 우주의 시간에서 볼 때 지구에 사는 인간의 시간.

푸야 라이몬디*

단 한 번
꽃을 피우고

가슴에 안은
작은 벌새

이승에 두고 간
가시의 포옹

돌처럼 다소곳하게
물처럼 투명하게

날개를 접는다

* Puya Raimondii. 안데스산맥에 서식하는 멸종위기의 식물로 '안데스의
여왕'이라 불린다. 80~150년 만에 단 한 번 꽃을 피우고 죽는다.

가을 숲

한 잎의 싸리나무
한 잎의 참나무
한 잎의 벌나무

서로의 왼쪽이 되어가며
서로의 질문이 되어가며
서로의 구원이 되어가며

모양도 빛깔도 없이
마냥 둥근,

햇살이 가닿은 꿈의 바깥

수로 水路

밤마다 바다로 가는 길 있다
물의 평전을 쓰는 당신은
수원의 지층으로 내려가
천진한 뿌리에 닿는다
철철 흘러넘치는 초록이 된다
투명한 물소리는
끓어 넘치던 오답의 흙탕물
당신을 벗어놓는다
어린 당신이 반짝인다
바다가 물고기의 흰 뼈를 끌어당긴다
푸른 반점의 아이가 빙하기를 건넌다

4부

불출不出

나는 초대된다
나의 나도 초대된다

둘이 되고 셋이 되고 넷이 되고…
다시, 하나가 된다

두 개의 길
두 개의 발
두 개의 그림자

문을 열고 들어오는
고요한 질문들
(이때, 서로 다른 두 세계가 들어온다)

나는 다시 초대된다

침묵을 말하는 혀에게

벽의 속울음

봄의 솜털

단단한 바위로
강물 닦는

고요의 입술

이상한 꿈

그가 죽었다

밤마다 자라는
푸른 머리카락 보인다

물속에 살지만
빠른 물살에서는 살 수 없고

사슴의 먹이가 되지만
사자를 살리진 못하는

소리의 절벽

엎드려
와불臥佛의 발을 닦는다

벽공 碧空

그림자가 나무를 감싼다
허물을 벗고 적막이다
기침을 털어낸
어둠이 북쪽을 향한다
푸른 살점 수두룩하다
뒷날의 기약이
나를 끌어다 줄에 세운다
소리도 다짐도 없는
둥근 말이 눈을 뜬다
나무가 안개의 강을 건넌다

당황

갠지스에서 히말라야로
북극에서 안데스로

다시 들숨과 날숨으로

네모이거나 세모이거나
끝도 시작도 없는

긴 약속과 짧은 이별 사이
고백과 다짐

혼자 바빠지는 질문들

폭설

후회도 없이 흘러왔다

나무 한 그루 떠도는 바다
물결이 나무의 뿌리를 친다

물로 네 이름을 쓰고
사방으로 너를 흘려보낸다

인적 없는 마을로 가서
제 몸 비추는 겨울나무

이토록 아름다운 세상에서
너를 다시 만나면
나는 너를 누구라 부르랴

다음에는

이슬을 굴리는
미지의 돌

순하디순한
흰 돌

소멸과 탄생의
새로운 통로

멀어지며
혹은 흐려지며

너에게 가는
나의 별자리

겨울 강

강물을 오래 바라보면 물길을 거슬러 오는 귀울림 있습니다 계산이 서툰 분식집이 있고 다른 병명에도 같은 약을 지어주는 약방이 있고 약봉지를 입에 털어 넣는 방죽머리 집 아이가 있습니다 풀지 않은 이삿짐을 밀쳐놓고 햇살을 받는 봉분이 있고 벗어놓은 신발에서 자라는 은사시나무가 있습니다

그 길 끝에 어렵게 피었다 어렵게 지는 날들이 한없이 높이 떠 있습니다

꽃 한 바구니

같은 이름으로
또 다른 이름으로

한 바구니에 담긴
무더기의 꽃

한 꽃이 다른 꽃의 숨소리 듣는다

저승 집 뜨락에 두고 온
꽃 한 바구니

의자의 질주

두 개의 팔로
네 개의 다리로
의자가 의자를 받든다

의자의 눈이 의자의 바닥을 살핀다
의자의 얼굴이 의자의 기척을 핥는다

의자의 빌딩이 의자의 모자가 의자의 권력이
의자를 쌓는다

무너지지 않는 의자
절대 그럴 리 없다고 생각하는 의자

의자가 달린다

은어

서툴게 시작한 말이
구부러진 못으로 자란다
저녁이 자라는 강둑엔
음각이나 양각으로 돌려보는 오브제들
수많은 환생의 증거들
수많은 타살의 흔적들
악천후가 강물을 엎는다
새들은 남쪽으로 가고
눈빛은 절벽을 오른다
봄의 구멍마다 별들이 핀다

격 格

반지하 방에선
반달이 자주 뜨네

산도 중간까지만 오르네
눈도 한나절 오다 그치네

얼룩을 닦으며
뒤척이는 비를 자르네

재방영되는 TV 프로를 보네
제 빛깔의 숲으로

그대가 나를 떠나네
그대도 나를 떠나네

어둠은
돌을 뚫지 못하고

키 작은 나무들이
산을 넘네

고백의 형식

이 세상에서 만나는 얼굴이
저세상에 두고 온 그리움을 본다

당신의 살 속에
당신을 살다 간 혼불 있다

돌의 입술 소리칠 때
천둥소리 쓰다듬을 때

날마다 골몰하고
날마다 일어서는 목숨

당신의 숨결 된다
당신의 약속 된다

예술 창조와 절대 사랑의 길

이숭원 문학평론가

1. 소리의 질료를 통한 창조의 실현

김가연 시인은 독창적 개성을 추구하는 시인이다. 그의 내면은 새로운 언어와 세계에 대한 열망으로 가득 차 있다. 예술은 세상에 없던 새로운 양식을 창조하는 작업이다. 모든 예술가는 본질적으로 무정부주의자라는 말이 있다. 기존의 컨벤션을 허물고 새로운 자유의 형식을 탐구하기 때문이다. 그는 시집 앞에 붙은 「시인의 말」에서 "본래의 언어 체계로부터 자유로워지고 또 어떤 규범에도 집착하지 않기로 한다"라고 당당히 밝혔다. 예술가적 자의식을 가지고 새로운 양식을 탐구하겠다는 의지를 표명한 것이다. 그는 예술적 창조의 자유를 누리고자 한다.

새로운 것을 창조하려는 예술가의 정신은 신생의 의지에서
온다. 세상에 없던 새로운 것을 만들겠다는 의지가 바로 그것
이다. 시인은 이 시집이 "미지에 대한 본능적 호기심과 탐구의
욕구에서 발현"된다고 밝혔다. "아직 어디에도 속하지 않은 너
머의 세계를 여행하고자 한다"고도 썼다. 구약의 예언서에는
하늘 아래 새로운 것이 없다고 기록되어 있지만, 예술사는 새
로운 것의 연쇄로 점철되어 있다. 일상적 언어 구성이 시라는
예술의 차원으로 상승하기 위해서는 새로운 발견에 의한 화학
적 변화가 일어나야 한다. 그것은 언어 구사의 새로운 변화, 대
상에 대한 새로운 인식, 새로운 깨달음의 제시 등 다양한 요소
가 유기적으로 결합되어 나타난다. 이를 위해 예술가는 구도의
길에 오른 수행자처럼 자신의 모든 공력을 다 바쳐야 한다.
　모든 예술의 근원에는 영원에 대한 소망이 도사리고 있다.
생각하고 상상하는 인간은 영원이라는 추상 개념을 설정하고
자신의 창조를 미래에 위탁한다. 육신의 시간은 한정되어 있지
만 자신이 만들어낸 창조물은 미래에 이어진다는 생각으로 영
혼 불멸을 꿈꾼다. 스페인 알타미라동굴 천장에는 생동하는 들
소의 모습이 그려져 있다. 이 그림을 그린 사람들은 자신의 그
림이 동굴 벽에 영원히 남는다면 자신의 영혼도 그렇게 영원히
지속될 것이라는 생각을 했을 것이다. 다른 누구도 그릴 수 없
는 자신만의 그림을 남긴다면 영원의 표상을 얻을 수 있다는

생각, 거기서 예술이 창조된 것이다. 모든 예술의 근원에는 이러한 영원에 대한 갈망이 도사리고 있다.

김가연 시인이 자신만의 세계를 창조하겠다고 마음먹었을 때는 이러한 예술 창조의 의지, 그것을 통한 영원 탐구라는 자의식이 개입했을 것이다. 창조의 자의식은 본능에 고정되지 않고 의식의 세계를 넘어 초자아의 작동을 요구한다. 본능인 이드와 초자아인 슈퍼에고의 상호작용으로 새로운 창조의 불길이 타오른다. 이것은 말로 설명하기 어려운 신비로운 내면의 화학작용이다. 그 작용의 한 단면을 다음 시에서 엿볼 수 있다.

당신은 나의 첫 문장이며 마지막 문장입니다
또한 탄생 이전의 말이며 세상 이후의 말입니다

당신은 속살의 음률이며 초록을 깨우는 바람이어서
나는 당신의 소리로 듣고 당신의 빛깔로 봅니다

그러나
나는 처음부터 당신의 말을 알지 못하므로
당신을 말하지 못합니다

당신은 거대한 협곡을 떠도는 파장이고

나는 그 너머를 유영하는 떨림입니다

울림과 쉼표로 남은 소리의 질료들이
당신의 계절로 와서 꽃이 됩니다

이제
나의 언어를 삭제합니다

말의 찌꺼기를 버리기로 합니다
－「즙」전문

　제목이 '즙'으로 되어 있지만 우리들이 알고 있는 즙을 떠올
릴 필요는 없다. 세상에 없는 새로운 것을 창조하겠다고 밝혔
기 때문에 시의 문맥 속에서 즙의 의미를 파악해 가는 것이 온
당하다. '당신'이라는 대상도 일상의 맥락을 떠나 전반적인 시
의 기류 속에서 의미를 파악하는 것이 좋다. 내 앞에 분명 존재
하지만 속성과 본질을 무어라 규정할 수 없는 '당신'은 "나의
첫 문장이며 마지막 문장"이다. 일반적인 논리에서는 첫 문장
이 마지막 문장이 될 수는 없다. 그러나 신화적 창조의 공간에
서는 무엇을 이끄는 첫 문장이 그것을 마무리 짓는 마지막 문
장이 될 수 있다. 클라인 씨의 병처럼 꼬리를 물고 도는 순환의

구조이거나 뫼비우스의 띠처럼 겉과 속을 구분할 수 없는 단일 평면의 조직이라면 첫 문장이 마지막 문장이 될 수 있다. 당신이 나의 실존을 총괄하는 절대적 존재라면 당신은 "나의 첫 문장이며 마지막 문장"이 될 수 있다. 그것은 최초로 얻어낸 엑기스거나 마지막 여과의 과정을 거친 최후의 액체일 것이다.

　이것을 언어로 다시 바꾸어 말하면 "탄생 이전의 말이며 세상 이후의 말"로 전환할 수 있다. 세상이 시작되기 이전의 원초적 언어, 세상이 끝난 다음에 남을 후세의 언어가 당신이다. 그렇다면 당신은 현세의 언어로는 표현될 수 없는 존재다. 다음에 나오는 "속살의 음률"이라는 구절은 현세적 언어로 표현될 수 없는 대상의 절대적 신비를 암유한다. 나는 주체의 감각을 버리고 당신의 소리로 듣고 당신의 빛깔로 본다. 이 말은 「시인의 말」에 나온 "사물의 의미를 규정하지 못하는 언어 밖의 울림"이라는 말과 통한다. 속살의 음률이건 언어 밖의 울림이건 그것은 존재의 인식 차원을 넘어서는 절대의 음역을 의미한다. 절대 음역에 도달하기 위해서는 기존의 상투적 음감의 세계를 넘어서야 한다. 오직 "울림과 쉼표로 남은 소리의 질료들"이 새로운 울림의 차원을 개진한다. 그러니 당신과 나는 완전히 이질적인 다른 차원에 속한다. "당신은 거대한 협곡을 떠도는 파장이고/ 나는 그 너머를 유영하는 떨림입니다"라는 구절은 당신과 내가 현실의 차원을 떠나 새로운 인식의 지평으로 넘어선

단계에 있음을 인정하는 새로운 자아의 발성이다. 새로운 차원의 만남을 위해서 나는 "나의 언어를 삭제"하고 "말의 찌꺼기를" 버려야 한다. 새롭게 구성된 언어와 그것이 조성하는 속살의 떨림 속에 새로운 질료의 세계로 진입할 때 진정으로 새로운 창조의 국면이 열리는 것이다. 시인은 이 절대의 시공을 상상한다. 그리고 그 절대의 시공에 자신의 모든 에너지를 투사한다. 다음 두 편의 시는 새롭게 형성된 소리의 질료가 시공의 자유 속에 어떠한 상상의 세계를 펼치는가를 판타스틱하게 구성한다.

바다로 간 기차는 밤새 방파제를 달렸다 흑점을 할퀴고 간 발톱은 밤하늘에서 빛나고 더는 자라지 않는 방풍림 뒤에서 바다는 적막에 젖었다 닻을 내린 배들은 끝물 복숭아 같은 무른 살을 도려내고 눅눅한 어둠 속으로 들어갔다
　－「방풍림」 전문

봄아, 너는 자작나무 숲으로 가라 나무 사이 울먹울먹 풀어놓은 눈빛이 되라 새로 돋는 잎마다 불 밝히는 풀밭의 잠이 되라 조약돌의 귓불을 더듬는 물의 집으로 가서 강물에 발을 씻고 말하여지지 않은 말로 노래하라 비릿한 팔뚝을 베고 누워 물이끼 자라는 흰 강이 되라

「방풍림」의 묘사는 일품이다. "흑점을 할퀴고 간 발톱"은 밤의 어두운 색조와 발톱의 날카로움이 결합하여 밤새 방파제를 달리는 기차의 덧없는 질주를 절묘하게 형상화한다. 흑점을 할퀸 발톱이 빛나는 밤하늘 아래 펼쳐진 적막의 바다는 기묘한 상징성을 발산한다. 방파제는 파도를 막는 둑이요 방풍림은 바람을 막는 숲인데, 방파제 위로 기차가 달리고 방풍림의 나무는 자라지 않으니 본래의 기능을 상실한 것이다. 이러한 실추와 난파의 풍경 뒤로 배가 닻을 내렸다. 그 배들은 늦게 딴 복숭아 표피처럼 짓무른 살을 도려내고 눅눅한 어둠 속으로 들어갔다고 했다. 난파한 모습으로 어둠의 일부로 수용된 것이다. 이 짧은 시는 어둠과 적막의 기류 속에 정향을 잃은 화자의 내면을 독창적인 심상으로 표현했다. 소리의 질료가 아니라 심상의 질료를 활용하여 의식의 단면을 나타낸 것이다.

「편지」의 구문도 독창적이다. 이 시는 화자가 봄에게 당부하는 형식을 취하고 있다. 자작나무 숲은 백색 표피의 경이감을 드러낸다. 봄이 되면 자작나무 줄기에 수액이 돌아 백색 표피에 더욱 신비로운 빛이 감돈다. 시인은 이것을 "울먹울먹 풀어 놓은 눈빛이 되라"고 표현했다. 희게 빛나는 표피의 색조에서 내면의 슬픔이 우러나는 기운을 읽은 것이다. 슬픔의 색조를 거둔 화자는 다시 "새로 돋는 잎마다 불 밝히는 풀밭의 잠이 되라"고 말한다. 새잎의 신선함과 잠의 나른함을 결합한 매우 독특한 표현이다. "조약돌의 귓불을 더듬는 물의 집"은 매우 신비로운 표현이다. 조약돌과 물을 의인화하여 강물이 조약돌의 귓불을 더듬는다고 감각적으로 표현했다.

"말하여지지 않은 말로 노래하라"에 시인의 창조 의지가 담겨 있다. 모든 시인은 말하여지지 않은 말로 노래할 의무가 있다. 남이 다 말한 내용을 되풀이해 노래하는 것은 시인이 할 일이 아니다. 김가연 시인은 독창성의 차원에서 새로운 예술 창조에 도전한다. 여기 정신의 모험을 감행하는 시인의 날카로운 지성이 있다. "비릿한 팔뚝을 베고 누워 물이끼 자라는 흰 강이 되라"는 시구는 깊이 외워 간직해 둘 만하다. '비릿한'에서 환기되는 육감적 체취의 기묘함과 '물이끼'가 갖는 비릿하고 미끈거리는 감도가 미묘하게 결합하여 봄에 흰빛으로 흐르는 강물에 수렴된다. 강의 흰빛은 앞에 나온 자작나무의 흰빛과 유사한 정조로 연결된다. 마치 수학적으로 배치된 퍼즐을 맞추듯 이미지의 연쇄가 절묘하게 연결된다. 여기서 김가연의 시는 소리의 차원을 넘어서서 새로운 형상의 차원으로 상승한다. 그는 들어보지 못한 소리의 질료를 활용하여 말하여지지 않은 형상의 질료를 창조하는 데 성공했다.

2. 의미의 탐구와 절대의 사랑

울림의 시가 제자리를 잡으려면 의미의 영역을 확보해야 한다. 김가연 시인은 의미의 차원도 힘써 개진하려는 노력을 보인다. 그의 의미의 탐색은 '당신'을 호명하는 일련의 시에서 집중적으로 이루어진다. 당신의 신원을 파악하고 당신에게 다가가려는 노력은 어떤 절대적 존재에 대한 탐구의 과정과 유사한 모습을 보인다. 다음 두 편의 시는 당신을 호명하여 탐구의 대상으로 호출함으로써 당신의 의미를 탐색하겠다는 의지를 드러냈다.

당신의 잠 속에서 살구나무 귀가 펄럭였다 식은 구들을 살피고 돌아온 당신이 산벚나무 가지를 건넸다 가도 가도 제자리인 길이 오랫동안 골똘했다 눈을 감고 유목의 기척 위를 걷다 보면 어느새 창들이 먼저 밝았다

　　-「버릇」전문

그러므로 나 이제 돌아갑니다 아름다운 고요를 업고 차갑고 고운 날로 돌아갑니다 주검을 두고 떠나는 고요한 관 속의 나라, 그러나 고요는 나의 결핍, 나의 겸손, 사랑이 어찌 고요만 할까요 고백이 어찌 그립기만 할까요 이상한 일도 아니건만 쉽사

리 입은 상처에 매달린 당신, 소리 없이 반짝이는 당신, 그리하여 다시 피는 당신 저만치 들썩이며 웁니다

    -「고요」전문

「버릇」은 식물성 이미지를 통해 당신과의 관계를 표현했다. 살구나무와 산벚나무는 당신과 나를 연결하는 가교 역할을 한다. 살구나무는 키가 나지막하고 꽃이 떨어지면 작고 동그란 살구 열매가 맺힌다. 산벚나무는 산에서 20미터 이상 높게 자라는 나무다. 두 나무의 모양과 생태는 대조적인데 시인은 나무의 성질을 고려하여 당신과의 관계를 표현했다. 당신의 잠 속에서 살구나무 귀가 펄럭였다고 했고, 식은 구들을 살피고 돌아온 당신이 산벚나무 가지를 건넸다고 했다. 작은 살구나무이기에 당신의 잠 속에서 나무의 귀가 펄럭였다고 상상한 것이다. 잠을 자다 어떤 기척을 느낀 당신은 불이 들지 않은 구들을 살핀 다음 내게 돌아와 산벚나무 가지를 건넸다. 그 외에 아무 말이 없었으니 살구나무와 산벚나무로 매개된 당신과 나의 관계는 "가도 가도 제자리인 길"을 걸을 수밖에 없다. 길을 걸어 목적지에 이르는 것도 아니니 정착 없이 떠도는 유목의 삶이나 다름이 없다. 만나지 못한 상태에서 각자의 길을 걷다 보면 어느새 새벽이 오고 당신과 내가 밝음을 지각하기 전에 창들이 먼저 밝았다고 했다. 당신과 나는 진정한 만남을 이루지 못하

고 각자 떠돌며 겉돌고 있다.

「고요」는 당신을 만나지 못하고 홀로 지내는 화자의 처지를 '고요'에 초점을 맞추어 표현한 작품이다. 화자는 자신의 고요를 '아름다운 고요'라고 했다. 당신을 기다려서 얻은 것이 고요고, 고요를 통해 당신을 기다릴 수 있으니, 그것은 "아름다운 고요"다. "차갑고 고운 날"이라는 모순어법은 당신을 기다리는 자아의 이중적 속성을 잘 나타낸다. 고요함 속에 있으니 차가운 것 같지만 고요함을 통해 당신을 기다릴 수 있으니 그것은 고운 것이기도 하다. 자신의 칩거는 "고요한 관 속"에 갇힌 것 같다. 그러나 그 고립의 칩거는 당신을 기다리는 행위를 오롯하게 지속할 수 있게 해준다. 그러니 고요의 칩거는 불행이 아니라 아름답고 고운 것이다. 그래서 화자는 고요는 나의 결핍이자 나의 겸손이라고 말하며, "사랑이 어찌 고요만 할까요"라고 되묻는다. 참으로 절실하고 중요한 독백이다. "고요한 관 속의 나라"만큼 사랑에 충실한 공간은 없다. 당신에게 사랑의 고백을 마음대로 할 수 있는 공간이 고요의 나라이기 때문이다. 당신은 작은 상처에 매달려 내게 오지 않고 있다. 만나지 못하고 보지 못하지만 당신은 "소리 없이 반짝이는" 존재이며 꽃처럼 다시 피어나는 존재다. 고요의 나라에서 당신을 기다리는 마음이 간절해지면 어느덧 당신이 내게 다가오는 소리가 들린다. "저만치 들썩이며" 오는 당신의 모습이 보인다. 그것이 바로 "고요한 관 속의 나라"에서 이루어지는 신비로운 사랑의 에피파니다. 다음 시에 그 단면이 비교적 구체적으로 표현되어 있다.

내가 풀잎, 하고 부르면
당신은 풀잎의 저녁을 살았습니다

푸른 기억은 자주 가렵고 자주 짓물러서
오월의 창에 선명한 무늬를 남겨놓았습니다

사랑이 서로의 허공을 바라보는 일이라면
당신은 지상에서 가장 내밀한 구조를 가진 허공입니다

하늘엔 별보다 허공이 많고
나는 가장 오래된 방식으로 당신을 노래합니다

당신이 풀잎, 하고 부르면
나는 오래도록 풀잎의 저녁을 살았습니다
　　　－「풀잎, 하고 부르면」 전문

이 시에서는 당신과 내가 어느 정도 교감을 이루고 있다. 내가 풀잎, 하고 부르면 당신이 풀잎의 저녁을 산다고 했으니 고요한 관 속의 나라에 사는 것보다는 진전된 상태가 되었다. 당신이 내가 바라는 상태로 살게 된다면 그것은 진전된 상태가 아니라 아주 소망스러운 혁명적 상황이다. 그러나 풀잎의 저녁을 지낸 '푸른 기억'은 자주 가렵고 자주 짓물러 그리 건강하게 지속되지 못해서 오월의 창에 선명한 무늬를 남겨놓았다고 했다. 그래도 오월의 창에 푸른 기억이 선명한 무늬를 남겨놓았으니 상당한 발전을 한 것이다. 그다음에 시인은 사랑의 감정에 관한 대단한 발견을 하여 하나의 시행으로 그것을 창조해놓았다. "사랑이 서로의 허공을 바라보는 일이라면/ 당신은 지상에서 가장 내밀한 구조를 가진 허공입니다"가 그것이다. 이 시행의 의미에 대해서는 많은 설명이 필요하다.

당신을 실제로 볼 수 없고 만날 수 없으니 당신은 내게 허공과 같다. 나 역시 그러한 상태이니 당신에게 나도 허공에 불과할 것이다. 그러나 그 허공은 "지상에서 가장 내밀한 구조를 가진 허공"이다. 지상의 무엇으로도 바꿀 수 없고 더 정교하게 만들 수도 없는 완벽한 허공, 그것이 당신이다. 나도 당신에게 그런 존재가 되면 좋겠지만 그것은 알 수 없는 일이다. 당신을 허공이라고 생각하고 세상을 보니 세상은 허공으로 가득 차 있다. 하늘에 별보다 허공이 많다는 사실을 새삼 깨닫게 된다. 그렇게 생각하니 세상의 허공이 모두 당신이 된다. 당신은 하늘과 땅 어디든 다 존재하는 것이다. 허공에 가득 찬 당신을 위해

나는 "가장 오래된 방식으로 당신을 노래"할 수밖에 없다. '가장 내밀한 구조를 가진 허공', '가장 오래된 방식'이라는 말은 의미의 절대성을 지향한다. 당신은 다른 무엇으로도 대치할 수 없는 가장 내밀한 대상이기에 나는 인간이 상상할 수 있는 가장 오래된 방식으로 당신을 노래하는 것이다. 이것은 절대의 사랑을 의미한다. 절대의 사랑까지 거론한 시인이니 자신의 소망을 덧붙일 만하다. "당신이 풀잎, 하고 부르면/ 나는 오래도록 풀잎의 저녁을 살았습니다"가 그것이다. 나의 호명에 의해 당신이 풀잎의 저녁을 살고 당신의 호명에 의해 내가 풀잎의 저녁을 산다면 그것은 완벽한 사랑의 실현이다. 시인은 의미의 탐색을 통해 절대의 사랑이 가능한 지평을 꿈꾼 것이다.

3. 모순의 인식으로 빚은 투명한 소망

꿈을 꾸는 것이야말로 시인의 권리이니 시인은 무엇이든 꿈꿀 수 있다. 그는 호명만 하면 상대가 원하는 존재가 되는 절대의 사랑을 환상했다. 그러나 절대의 사랑이 이루어지기에는 우리의 삶은 많은 모순으로 얼룩져 있다. 삶 자체가 모순인데 그 안에 사는 사람이 절대의 사랑을 실현할 수 있을까. 문제는 여기에 있다. 그래서 시인은 이번에는 모순의 문제를 탐색한다. 모순의 상황 속에서 나와 당신이 어긋난 행동을 하는 정황이

다음 시에 보인다.

꽃 그림을 그리는 애인 옆에서
나는 애인의 졸음을 그린다

여린 맥박을 가진
구름을 그리다 말고

애인은 행장行狀 속에
나비를 그려 넣었고

나는 배경으로
빗소리를 그려놓았다
　－「우기雨氣」 전문

우화의 형식으로 그려진 당신과 나의 어긋난 만남이다. 애인은 꽃 그림을 그리는데 나는 거기 호응하지 못하고 애인의 졸음을 그린다. 꽃 그림과 졸음은 화합하지 못하는 두 사람의 접촉을 상징한다. 이것은 만나지 못해서 환상에 탐닉하는 것과는 아주 다른 경우다. 정상적으로 접촉했으나 화합하지 못하고 이질적 행동을 벌이는 상황이다. 구름을 그리다 말고 행장 속에 나비를 그려 넣었으니 이것도 모순된 행동이다. 자유로운 구름과 행장에 갇힌 나비는 도저히 공존할 수 없는 대상이다. 거기에 한술 더 떠서 빗소리를 배경으로 그려놓았으니 그림은 온통 엉망이 되었다. 모순된 상황 속에서 당신과 나와의 진정한 만남이 불가능하다는 것을 우화적으로 표현했다.

모순의 인식 속에서 시인은 자신의 존재가 무의미하다고 탄식한다. 짧은 시 「어디에 있을까」에서 시인은 자신의 실체를 확인하지 못하는 불안한 내면을 파편적으로 열거한다. 나는 너의 눈동자요 눈물이라고 하다가 너의 친구, 스승, 딸, 어머니로 산포된다. 다시 변방의 별로, 먼지로, 꽃으로, 꽃잎을 찢어 만든 바람으로 변주되다가 결국 "무용한 말", "지문도 없이 소리도 없이 흘러가는 구름이요 비요 없음"으로 귀결된다. 자신의 위상을 확정하지 못하고 존재의 불확실성에 혼란을 일으키는 자아의 모습을 그대로 드러낸 것이다. 이러한 자아의 분열로는 절대의 사랑에 도달할 수 없다. 다음의 시도 「우기」와 비슷한 상황을 드러낸다.

수요일은 내내 비가 내렸다
그는 네모를 원했고
나는 간격을 그었다
변기의 물을 내린다

네모의 주변으로 물이 고였다
이건 예상치 못한 일이다
반칙, 원래는 없는 거야
목요일의 발자국을 기다렸다
그러나 들리지 않는 귀,
어둠은 어둠일 뿐인데도 나는 어둠이 무서워서
캄캄한 금요일에 누워 있다
어둠 너머로 미열의 별들이 떠나고
겨울나무들이 원시림 속으로 떠났다
마침내 잘려 나간 빈칸,
물음표와 느낌표를 찍으며 날아가는 나비
　-「탈피」전문

　이 시에서 수요일, 목요일, 금요일로 이어지는 시간의 전개
는 존재의 파탄을 드러내는 데 기여할 뿐이다. 시간의 순차적
전개는 예상치 못한 사건의 발생으로 모순의 상황을 강화한다.
수요일은 종일 비가 내렸고, 나는 목요일의 발자국을 기다렸
고, 캄캄한 금요일에 누워 있다는 상황은 연결되지 않는 이질
적 상황이다. 당신과 나는 이런 모순의 시공 속에 살고 있는 것
이다. 이 모순의 상황 속에 어둠 너머로 별들이 떠나고 겨울나
무마저 원시림 속으로 떠났으니 '허공의 빈칸'만 남았다고 할

수 있다. 이런 모순의 상황 속에 환상의 나비가 물음표와 느낌표를 찍으며 날아간다. 이 나비는 앞의 시 「우기」에 애인이 그려놓은 나비일 수 있다. 꽃 그림 옆에 그려져야 할 나비가 행장속에 갇혀 물음표와 느낌표를 찍고 날아가니 그것이 남기는 것은 질문과 느낌일 뿐 전달하고자 하는 의미는 없는 것이다. 이러한 모순의 상황에 몰입하면 절망에 빠질 수 있다. 이렇게 되면 절대의 사랑에 도달하는 것은 요원한 일이다. 이처럼 고통스러운 사색의 경로에서 우리에게 필요한 것은 미래의 예감이다. 미래의 희망을 예감하는 사람은 절망에서 벗어날 수 있다. 그러한 희망의 한 단서가 다음 시에 암시되어 있다. 이 암시는 암시에 그치는 것이 아니라 미래의 전망으로 상승할 수 있는 암시다. 이 시는 그러한 에너지를 내장하고 있다.

장마가 길었다

구름의 장례를 준비하는 사람들은
슬픔의 너머에도 길이 있다고 믿었다

큰길에 귀를 열어둔 채
애써 잠이 들면

웃비 사이로
길을 묻는 일이 적지 않았고

어린 새들은
푸른 하늘을 곧잘 물어 오기도 하였다

잠깐 머물던 시절에
그려보았던 유목幼木들은

아직 말하여지지 않은
투명한 증언들을 새겨보고 있었다
  ―「투명한 증언」 전문

"장마가 길었다"는 첫 시행은 희망의 시상을 이끄는 상징적 전언이다. 아무리 긴 장마도 언젠가는 그치게 되어 있다. 창세기에 나오는 노아가 방주 속에 머문 기간은 일 년 남짓이지만 홍수는 사십 일 동안 계속된 것으로 되어 있다. 더군다나 "장마가 길었다"라는 말은 장마가 끝난 다음에 나오는 발언이기에 다음에 이어지는 것은 장마 이후의 상황이다. 그래서 구름의 장례를 준비하는 사람들이 슬픔의 너머에도 길이 있다고 믿었다는 말이 성립될 수 있다. 현재의 상황이 소멸로 끝난다 하더라도 소멸 다음에는 생성이 있고 슬픔 너머에는 새로운 길이 있는 것이다. 장마 속에 잠시 비가 그쳤을 때 길을 걷던 사람들 중 갈 길을 묻는 이들이 적지 않았다고 했다. 아무리 극악한 상황에서도 사람들은 여전히 길을 찾아 움직이고 있는 것이다. 노아의 이야기에서처럼 어린 새들이 잎을 물고 와서 푸른 하늘에 대한 소식을 전해주기도 하는 것이다. 세상 순환의 이치가 이와 같다.

어느 날은 잠에 들었다가 어린 시절 보았던 어린 나무들을 떠올려 보기도 했다. 세월이 흘러 그 어린 나무들도 이제는 제법 성장해 있을 것이다. 그 유목들이 "아직 말하여지지 않은/투명한 증언들을 새겨보고 있었다"고 했다. 아직 말해지지 않은 것을 탐구하고 창조하는 것이 예술이요 시라고 했다. 시인은 말해지지 않은 소리의 질료를 탐색하고 새로운 의미를 창조하는 사람이다. 미래의 시간에 놓인 어린 나무들은 다가올 미래의 언어와 풍속을 예감하면서 창조의 시대에 발설할 "투명한 증언"을 준비하고 있다. 이 투명한 증언을 준비하는 것도 시인이 할 일이다. 시인은 지상에서 이루어지지 않을 것 같은 절대의 사랑을 꿈꾸고 절대의 사랑을 증언할 투명한 언어를 지켜야 한다. 이것이 시인이 예술적 창조의 자유를 누리는 권리이고 창조의 노력으로 실천해야 할 의무다.

그렇기 때문에 모든 시인은 외로움의 상황에서 자신을 지키고 외로움의 힘으로 세상을 버틴다. 외로움을 넘어서기 위해서는 당신을 만나야 한다. 그러나 기다리는 당신이 그렇게 쉽게 오지 않는다. 모순에 가득 찬 세상에 당신이 오는 것을 어떻게 낙관할 수 있겠는가? 그러니 기다림은 끝이 없고 외로움은 더욱 깊어간다. 그러나 절망할 필요는 없다. 긴 장마도 언젠가는 그치듯이 이 모순의 상황도 새벽하늘에 별 사라지듯이 언젠가는 바뀔 것이다. 그러기에 우리는 아무도 말해주지 않은 절대 근원의 흔적을 찾아 앞길을 걸을 수밖에 없다.

어둠 속을 걷는 우리에게 '투명한 증언'이 큰 힘이 된다. 우리는 무엇으로 사는가? 아무도 말해주지 않은 사랑의 잔상에 의지하여 하루하루를 살아간다. 이것이 수천 년 동안 시인들이 시를 쓰면서 얻은 지혜의 축적이다. 우리는 모순의 세계 속에서 여러 가지 삶의 경로가 누적된 기억의 힘으로 살아간다. 그 사랑의 잔상이 시 창조의 기반이 되고 당신을 만날 수 있는 동력이 된다. 아무도 말해주지 않은 이 잔상의 힘으로 우리는 사랑의 미래를 꿈꾸고 세상에 없던 문법을 창조한다. 이것이 예술적 창조의 길이다. 김가연 시인은 이 아름다운 고요의 길, 가장 내밀한 구조의 길에 발을 디디고 들어섰다. 주위에 널리 알려야 할 경하스러운 일이다. 그러한 김가연 시인의 행보에 마음 깊이 우러나는 축하를 보내며 많은 독자들이 이 길에 동참해 주기를 기원한다.

즙

—

초판 1쇄 2021년 11월 16일
지은이 김가연
펴낸이 김영재
펴낸곳 책만드는집

—

주소 서울 마포구 양화로3길 99, 4층 (04022)
전화 3142-1585·6
팩스 336-8908
전자우편 chaekjip@naver.com
출판등록 1994년 1월 13일 제10-927호
ⓒ 김가연, 2021

—

* 본 도서는 충청남도, 충남문화재단의 후원으로 발간되었습니다.

—

ISBN 978-89-7944-785-9 (04810)
ISBN 978-89-7944-354-7 (세트)